GUÍA DE LECTURA

Escrita por Danny Dejonghe
Traducida por María Olivera Álvarez

Las flores del mal

de Charles Baudelaire

Entiende fácilmente la literatura con

Resumen Express.com

www.resumenexpress.com

CHARLES BAUDELAIRE

- **Nació en 1821 en París**
- **Falleció en 1867 en la misma ciudad**
- **Algunas de sus obras:**
  - *Las flores del mal* (1857), poesía
  - *Los paraísos artificiales* (1860), ensayo
  - *Pequeños poemas en prosa* (1869, póstuma), poesía

Baudelaire está considerado como uno de los poetas más importantes del siglo XIX. Su poemario *Las flores del mal* (1857) es una obra clave de la modernidad mediante la cual Baudelaire reinventó la estética poética.

Nacido en 1821, a Baudelaire le acompaña muy pronto un sentimiento de soledad, de dolor y de amargura debido a la muerte de su padre. Su madre se vuelve a casar poco después con un militar, el comandante Aupick, al que el joven Baudelaire odia porque representa todo lo contrario a lo que él aspira a ser: un creador, un poeta. En su juventud, Baudelaire lleva una vida de dandi relajada. Después de malgastar la herencia paterna y hundido por las deudas, su madre y el comandante Aupick pasan a tutelarlo. Baudelaire se codea entonces con los grandes artistas e intelectuales de su época, como Barbey d'Aurevilly, Théophile Gautier o Edgar Allan Poe, del que será su traductor. Muere en París en 1867 de sífilis.

LAS FLORES DEL MAL

UNA OBRA REVOLUCIONARIA

- **Género:** poemario
- **Edición de referencia:** Baudelaire, Charles. 1990. *Las flores del mal*. Traducido por Ángel Lázaro. Madrid: Edaf
- **Primera edición:** 1857
- **Temáticas:** melancolía, ciudad, rebelión, belleza, fealdad, muerte

En 1857 se publica la primera edición de *Las flores del mal*. Desde su aparición, la crítica lanza violentos ataques hacia el poemario, hasta tal punto que se abre una investigación judicial sobre Baudelaire. Se le acusa de ofensa a la moral religiosa y de ultraje a la moral pública y a las buenas costumbres. Al final, solo se mantiene el último de los cargos de la acusación: se le condena a pagar una importante multa y debe eliminar seis poemas de la recopilación. Baudelaire se derrumba y más aún porque, como siempre decía, *Las flores del mal* obedecían a «una arquitectura secreta», por lo que la condena de seis poemas cuestiona toda la integridad de la obra. Por eso, empieza a escribir otros poemas para sustituirlos y la segunda edición de *Las flores del mal* aparece en 1861. Se trata de una importante obra de la modernidad que revolucionó la estética poética. Refleja por sí misma todo el proyecto poético de Baudelaire: extraer la belleza del mal.

EL POEMARIO *LAS FLORES DEL MAL*

LA CUESTIÓN DEL TÍTULO

Un título siempre es un postulado de lectura ya que desvela las intenciones del autor. Baudelaire dudó mucho tiempo sobre el título que le daría a su poemario:

- en primer lugar se planteó *Las lesbianas*. El origen de la palabra remonta a una poetisa griega de la Antigüedad, Safo (siglo VII-VI a.C.), que vivía en la isla de Lesbos frente a las costas griegas. El término remite a su amor hacia las mujeres y a la glorificación del mismo en sus poemas. Puesto que la homosexualidad femenina estaba rechazada desde la Antigüedad, el término de «lesbiana» adquirió rápidamente una connotación negativa y se utilizaba para designar a una mujer de mala vida. Por lo tanto, elegir este título era algo escandaloso (tal y como quería Baudelaire), pero también de inspiración poética ya que remitía a la poetisa Safo;
- después, Baudelaire consideró *Los limbos* como título. Se trata de un término de teología que designa el lugar donde se encuentran las almas de los que vivieron antes de la redención de Cristo, así como la de los niños no bautizados. En el siglo XIX también era un término relacionado con el socialismo: designaba un período de miseria industrial antes de la esperada llegada de una sociedad justa y perfecta. De esta forma, este título refleja la ambición de Baudelaire de reescribir la historia con agitaciones espirituales de su época y subraya su ambición poética de mostrar modernidad;

- por último, la fuerza del título *Las flores del mal*, elección final del poeta, reside en el oxímoron, que refleja el proyecto poético de Baudelaire: extraer la belleza (las flores siempre se consideran bellas) del mal. Esta oposición fundamental estructura la recopilación completa, como veremos de forma más precisa más adelante.

LA ARQUITECTURA SECRETA DE LA RECOPILACIÓN

La segunda edición de *Las flores del mal*, que se impuso como la versión definitiva, está dividida en seis secciones, mientras que la primera solo contenía cinco (al no incluir los *Cuadros parisinos*).

Spleen e Ideal (poemas 1-85)

Se trata de la sección más larga de la recopilación.

Inicialmente, el poeta nota que dos fuerzas contradictorias cohabitan dentro de él: el *spleen* y el ideal, a los que dedica esta primera parte en la que también expone una reflexión sobre la poesía y la estética.

La palabra «spleen» es un término inglés que viene del griego *splen*, que designa el bazo. Los antiguos griegos pensaban que el cuerpo humano estaba compuesto de los cuatro elementos fundamentales, incluidos en equilibrio en las diferentes partes del cuerpo: esto se denomina la teoría de los humores. En el caso de desequilibrio entre estos cuatro elementos, se consideraba que la salud estaba amenazada. Cuando la bilis negra (el humor que produce el bazo) se expandía por el cuerpo, provocaba un estado de melancolía profunda. Por derivación de sentido, el término «spleen» designa un estado melancólico sin causa particular. Por extensión, para Baudelaire el término designa al mismo tiempo los sentimientos de hundimiento, de hastío, de mediocridad, de aburrimiento, de angustia y de melancolía que siente el poeta. En los poemas está asociado a la lluvia, al agua, al barro, a la bruma, a las tinieblas y a todo tipo de imágenes fúnebres, así como a los motivos del descenso y de la caída, y a veces al momento presente.

Baudelaire opone la esperanza, encarnada por el ideal, al *spleen*. El poeta, solo en la tierra, sueña con elevarse hacia un ideal que pueda tomar diversas formas: puede tratarse de la belleza o del amor, por ejemplo. En general, en los poemas el ideal pertenece siempre o bien a épocas antiguas o bien al futuro, y está caracterizado por un movimiento de elevación, por la luz, la pureza, el fuego y por imágenes de vuelo. El poema *El albatros*, que trata de la condición del poeta, es especialmente característico de esta tensión existente entre *spleen* e ideal, ya que en él encontramos tanto el movimiento de vuelo y la idea de elevación, sugeridos por la presencia del albatros, como la presencia del agua, del abismo y de la caída.

Señalemos que el ideal rechaza constantemente al poeta, lo cual agrava aún más su sentimiento de aburrimiento y de desesperación. Así, Baudelaire se queda durante mucho tiempo en el *spleen*, omnipresente, y solo evoca el ideal, más escaso y efímero, mediante imágenes frágiles y fugaces.

Esta sección puede subdividirse a su vez en tres partes:

- el ciclo del arte, que incluye poemas sobre la grandeza del poeta elegido, como *Elevación*, *La vida anterior* o *El ideal*. También hay obras que tratan sobre la miseria del poeta como «El albatros» y «Bendición», y poemas que personifican la Belleza, como «La belleza», «La giganta» o «La máscara».
- el ciclo del amor, en el que encontramos poemas dedicados a las diferentes mujeres que le importaron a Baudelaire: Jeanne Duval (*Perfume exótico*, *La cabellera*, *La serpiente que danza*), Apollonie Sabatier (*Toda íntegra*, *El frasco*) y Marie Daubrun (*El veneno*, *La invitación al viaje*), así como poemas sobre mujeres inspiradoras secundarias, es decir aquellas a las que parece que se refieren las obras pero que no se han identificado;
- el ciclo del *spleen*, cuyo centro es el conjunto de los poemas titulados *Spleen* y que se termina con la trilogía de los poemas sobre la mala conciencia: *El heotontimorumenos* (que significa literalmente en griego «el verdugo de uno mismo»), *Lo irremediable* y *El reloj*. Dentro de este ciclo se encuentran los poemas del aburrimiento.

Cuadros parisinos (poemas 86-103)

En esta sección Baudelaire rompe definitivamente con el romanticismo y hace un avance decisivo hacia la modernidad al escribir una poesía centrada en la ciudad. Al igual que desea extraer la belleza del mal, aquí intenta extraer la belleza de la ciudad. El autor da a leer cuadros poéticos anclados en el París de los trabajadores, del placer y de la miseria; logra hacer trascender tantas escenas de la vida cotidiana mediante la poesía, que hace de todas las cosas que se ven símbolos, alegorías.

El vino (poemas 104-108)

Esta sección remite a los paraísos artificiales que aplaude Baudelaire en la obra epónima. Los dos primeros poemas de esta sección ofrecen una continuidad de los «Cuadros parisinos» evocando el París de los trabajadores y de los proletarios.

Flores del mal (poemas 109-117)

Esta sección constituye la piedra angular de la recopilación por retomar el título que acentúa la intención directriz del proyecto poético de Baudelaire, a saber, extraer la belleza del mal, como ya hemos explicado. En estas obras, el poeta se gira hacia los placeres físicos para intentar escapar de la condición humana. De hecho, hemos podido referirnos a ellos como «ciclo del vicio».

Rebelión (poemas 118-120)

Esta sección comprende tres poemas de la blasfemia y de la rebelión. Estas tres últimas secciones («El vino», «Flores del mal» y «Rebelión») deben leerse como llamadas desesperadas del poeta para escapar de su condición, del *spleen*, gracias a la embriaguez de los paraísos artificiales, a los placeres de la carne y a la revuelta contra Dios.

La muerte (poemas 121-126)

Para finalizar, la última esperanza de escapar a los sentimientos de aburrimiento y de angustia que acosan al poeta: la muerte. Efectivamente, a pesar de todos los intentos de huida, no logra alcanzar el ideal: la propia obsesión mortífera vuelve constantemente. Sin embargo, la muerte no debe entenderse aquí en términos de fin, sino más bien como un medio de avanzar hacia una nueva creación (subrayada por el adjetivo «nuevo» que cierra la recopilación). La muerte, según Baudelaire, es el terreno fértil de las nuevas flores».

ACLARACIONES

LA POESÍA EN EL SIGLO XIX: DEL ROMANTICISMO AL SIMBOLISMO

La historia literaria del siglo XIX se caracteriza por una búsqueda permanente del sentido y de la novedad. Los escritores y poetas, envueltos en la tormenta de la revolución industrial y sus grandes cambios, tanto económicos como sociales, intentan dar un nuevo significado a la literatura y al hombre.

El romanticismo

El principio del siglo XIX está marcado por el surgimiento de la poesía romántica. En 1820 en Francia, y ya desde finales del siglo XVIII en Alemania, escritores como Victor Hugo (1802-1885) o Alphonse de Lamartine (1790-1869) son los que encabezan un movimiento de poetas que quieren destacar su interioridad en la poesía. El «yo» poético puesto en el centro de la obra permite la expresión lírica de toda una paleta de emociones, que van del sentimiento amoroso a la melancolía profunda. Esta meditación poética sobre el «yo» es la característica principal de la poesía romántica. Pero los románticos también llevaron a cabo ciertos cambios formales, especialmente reutilizando formas antiguas, como el rondó, la balada o la oda. Por último, la poesía romántica, como poesía de lo sensible, también se utiliza como espejo del desencantamiento de toda una generación. De hecho, los escritores románticos, marcados por los cambios políticos de su época, son víctimas de lo que se denomina el «mal del siglo»: puesto que los diferentes regímenes que se suceden no cumplen sus promesas, se ven conquistados por unas ganas de heroísmo y de desesperación; pierden sus ilusiones y albergan un vivo sentimiento de hastío y de melancolía.

Puede decirse que Baudelaire, que comenzó a escribir hacia 1845, está en cierta forma influenciado por los románticos, con quienes comparte ciertas afinidades: su aspiración al infinito, en concreto, es herencia de la estética romántica.

El Parnaso

En los año 1850, como reacción a la estética romántica que tiende hacia los excesos líricos, los poetas del Parnaso (en honor a la montaña griega del mismo nombre), como Théophile Gautier (1811-1872) o Leconte de Lisle (1818-1894), reivindican un acercamiento más impersonal, basado en la búsqueda de una estética formal rigurosa, que encuentra su apogeo en formas poéticas restrictivas como el soneto. Los parnasianos practican en poesía la doctrina del arte por el arte, que quiere que la expresión artística sea desinteresada y que esté únicamente dirigida a la búsqueda de un ideal estético que reside en la perfección formal.

Baudelaire es contemporáneo de los parnasianos y dedicó la recopilación de *Las flores del mal* a Théophile Gautier. Pero el aspecto demasiado racional de esta tendencia literaria que chocaba con su lado místico, lo alejó de ella.

El simbolismo

Más tarde, Baudelaire influyó en gran medida a los poetas

simbolistas como Stéphane Mallarmé (1842-1898), el conde de Lautréamont (1846-1870), Paul Verlaine (1844-1896) o Arthur Rimbaud (1854-1891), y lo hizo hasta tal punto que la recopilación *Las flores del mal* fue percibida como precursora del simbolismo, movimiento literario y artístico surgido en Francia hacia 1870. Al igual que Baudelaire, los simbolistas intentarían relacionar realidades muy diversas y representar la realidad mediante símbolos. La poesía se convertirá entonces en un lenguaje secreto y sugerente, lo que llevará a los poetas a trabajar cada vez más la forma del verso y la métrica, y dará lugar al verso libre.

CLAVES DE LECTURA

SPLEEN E IDEAL: LA DOBLE POSTULACIÓN DE *LAS FLORES DEL MAL*

La recopilación *Las flores del mal*, como destaca el oxímoron del título, está totalmente fundada en la oposición y la estrecha relación existente entre *spleen* e ideal. El poeta experimenta a la vez el dolor y la fealdad del desánimo, es decir el *spleen*, y la búsqueda de una belleza ideal.

Baudelaire afirma y exulta la alianza de los contrarios. De hecho, su figura estilística privilegiada es el oxímoron. Todo ocurre como si *spleen* e ideal fueran, en realidad, los dos aspectos de un mismo hecho, que es el de la existencia, puesto que vivir es a la vez aspirar a levantarse (elevación en el ideal) y después caer (experiencia del abismo, del *spleen*).

Para Baudelaire la verdadera poesía se sitúa en esta contradicción. De hecho, cuando el poeta intenta alcanzar el ideal, en realidad aspira a una belleza superior, infinita, pero sobre todo, inaccesible. Y de esta imposibilidad de acceder a ella nace el dolor del poeta y la experiencia del *spleen*. En ese momento se encuentra en una situación contradictoria, conflictiva e imposible, que solo puede trascender por su arte y la búsqueda de nuevas formas. Por esta razón, los dos últimos versos de la recopilación son tan importantes y constituyen en realidad la clave de lectura de la obra: «Sumergirnos en el fondo del abismo, Infierno o Cielo, ¿qué importa? ¡Hasta el fondo de lo Desconocido, para encontrar lo nuevo!» (Baudelaire 1990, poema 126).

- «Sumergirnos en el fondo del abismo»: para Baudelaire, se trata de experimentar el abismo, es decir, la experiencia de lo desconocido, que se materializa en la búsqueda de una nueva poesía que, como veremos más adelante, está basada en las correspondencias.
- «Infierno o Cielo, ¿qué importa?»: este oxímoron es el espejo de la contradicción que existe entre *spleen* e ideal. Este verso resume por sí mismo el proyecto poético de Baudelaire. Para él, se trata de extraer la belleza del mal, es decir, tener la experiencia del *spleen*, provocada por la búsqueda de una belleza que el poeta siente inaccesible, para llegar al ideal. Al experimentar estas dos tendencias opuestas, Baudelaire extrae su poesía. Este verso también puede leerse como una expresión de la revuelta del poeta: al poner el cielo y el infierno al mismo nivel, Baudelaire reafirma su insurrección contra Dios.
- «¡Hasta el fondo de lo Desconocido, para encontrar lo nuevo!»: Baudelaire quiere llevarnos a una nueva concepción de la poesía y a una nueva idea de lo bello. Para él, «lo Bello siempre es raro».

LAS CORRESPONDENCIAS

Con *Las flores del mal*, Baudelaire inaugura una poesía de la analogía. El cuarto poema de la recopilación, *Correspondencias*, evoca lo que estas representan para el autor. Distingue dos tipos:

- correspondencias verticales, que establecen relaciones entre el mundo de abajo y el mundo de arriba, entre el universo terrestre y el universo celeste. Se abren hacia lo invisible, hacia una especie de surrealidad trascendente. Este tipo de correspondencia se dota de una concepción platónica del universo (en referencia a Platón, filósofo griego que vivió de 427 a 347 a. C.) según la cual existen dos partes de realidad: por un lado, el mundo sensible, natural, y por otra, el mundo de las Ideas. Así, en algunos poemas, Baudelaire establece analogías entre el universo material y el que depende del espiritual, como muestra este primer verso de *Correspondencias*: «La Natura es un templo» (Baudelaire 1990, poema 4), en el que identifica la naturaleza con un lugar sagrado, estableciendo así una relación entre lo real y lo espiritual;

- correspondencias horizontales, también llamadas sinestesias, que establecen analogías entre sentidos diferentes, entre sensaciones diferentes. Estas relaciones tienen que ver únicamente con el mundo sensible, a diferencia de las correspondencias verticales. El célebre verso «los perfumes, los colores y los sonidos se responden» (*ib.*), extraído de *Correspondencias*, ilustra bien este tipo de analogía. En este mismo poema, Baudelaire evoca varia sinestesias: «Hay perfumes frescos como carnes de niños,/ Suaves cual los oboes, verdes como las praderas,/ Y otros, corrompidos, ricos y triunfantes.» (*ib.*) En este terceto encontramos la asociación de los cinco sentidos: el olfato (los perfumes), el tacto (frescos), el gusto (carnes), el oído (oboe) y la vista (verdes).

Las correspondencias son para Baudelaire la expresión de la imaginación, que él denomina «la reina de las facultades». Intenta que nazcan imágenes de la poesía, y estas deben ser sorprendentes (puesto que «lo Bello siempre es raro»).

Destaquemos que en esta teoría de las correspondencias se inspiraron los simbolistas más tarde, buscando establecer en sus obras analogías entre diferentes partes de la realidad.

LA CUESTIÓN DEL ESTILO

Para Baudelaire, el poeta debe ser una especie de mago, cuyo material de trabajo es la lengua, las palabras. Para hablar de su arte, a menudo emplea el término «brujería evocadora».

En primer lugar, desde su punto de vista, la poesía está relacionada con la música. Así, desarrolla en sus poemas una ciencia del ritmo. Gracias a la cadencia creada con construcciones gramaticales, los encabalgamientos, los *rejet* y los *contre-rejets*, Baudelaire crea las imágenes poéticas. También utiliza frecuentemente la repetición del verso, lo cual crea un efecto rítmico de insistencia para suscitar ciertas sensaciones. Además, también usa ya el verso impar, que utilizará Verlaine en abundancia, y alterna versos pares e impares para crear efectos de ritmo.

Por otro lado, Baudelaire siempre obedece a un gran rigor en la construcción de los poemas. De hecho, privilegia la forma breve, especialmente el soneto, debido a sus ataduras en una época en la que los lectores están familiarizados con poemas mucho más largos y menos rigurosos de la poesía romántica. La brevedad formal permite a Baudelaire darles más fuerza a las imágenes que crea e insistir en los efectos de oposición que estructuran tanto sus obras como toda la recopilación. De forma más general, la construcción muy estricta de *Las flores del mal* se realiza gracias al uso frecuente de la repetición de versos, especialmente al final de la estrofa para estructurar el poema, o también gracias a las simetrías de construcción de estrofas, que en Baudelaire sugieren a menudo una progresión (ver el poema *El balcón*).

BAUDELAIRE, UN POETA MODERNO

Al hacer del espacio poético un campo de experimentos, en concreto mediante correspondencias, Baudelaire se esfuerza por inventar nuevas relaciones entre la emoción y la lengua, inaugurando así la modernidad en poesía, que luego otros (especialmente Rimbaud o Mallarmé) llevarán todavía más lejos.

DATO INTERESANTE : LA MODERNIDAD

En el lenguaje corriente «moderno» significa «actual, contemporáneo», frente a lo ocurrido, antiguo o tradicional. En el ámbito artístico, varios períodos o corrientes se han calificado como «modernos», pero desde hace poco, la modernidad se refiere al camino que emprendieron las artes a mediados del siglo XIX, guiadas inicialmente por Baudelaire. En esa época, la novedad y la originalidad se convierten en los primeros criterios para juzgar las obras. Mediante sus creaciones, los artistas expresan su voluntad de aportar algo al mundo, más que reproducirlo; quieren mostrar la originalidad despreciando la fidelidad a los modelos establecidos y a las normas. De esta forma, el abanico de temas se extiende y se abre a otras realidades recientes, y los experimentos formales y lingüísticos son muy frecuentes (especialmente en poesía). Más tarde, la carrera hacia la novedad abrirá varias vías, con la aparición de múltiples corrientes vanguardistas literarias y artísticas. Pese a todo, la obra de Baudelaire no puede leerse como una simple búsqueda desenfrenada de la novedad. Para él, las obras del pasado están vivas y transmiten al artista las vibraciones de su sentido. Para Baudelaire, la modernidad consiste en competir con esas obras del pasado para extraer la belleza del presente, del espíritu del tiempo.

Si Baudelaire está considerado como el precursor de la poesía moderna es porque, en primer lugar, él difundió el sentimiento de que la poesía no podía tener otro fin más que ser ella misma. Quizás por esta razón dedicó *Las flores del mal* a Théophile Gautier. Sin embargo, a diferencia de los parnasianos, Baudelaire no quiso limitar su arte a una mera búsqueda formal, hasta tal punto que incluyó la figura del poeta que se expresa. De hecho, Baudelaire recurre frecuentemente a la prosopopeya y la interlocución en sus obras, y uno de los rasgos de su modernidad es haber logrado darle voz al poeta en sus versos.

Por otro lado, Baudelaire firma la entrada de la poesía en la modernidad con «Cuadros parisinos». Efectivamente, el motivo poético de la ciudad de París es para él un intento de extraer la belleza del espacio de la ciudad y de la experiencia del día a día. El lugar de la ciudad no tiene absolutamente nada de realista en Baudelaire, pero es la fuente de una meditación poética sobre los símbolos y las correspondencias. Esta modernidad alcanzará su apogeo en el *Spleen de París* con la novedad formal que supone el poema en prosa.

PISTAS PARA LA REFLEXIÓN

ALGUNAS PREGUNTAS PARA PROFUNDIZAR EN SU REFLEXIÓN...

- Baudelaire declaró con respecto a *Las flores del mal* que su recopilación no era un «simple álbum», sino que tenía un principio y un final. ¿Qué puede decir usted sobre la composición del poemario?
- ¿Qué imagen del poeta y de la poesía nos presenta el poema *El albatros*?
- ¿En qué aspecto es Baudelaire un poeta de la modernidad?
- ¿Qué transmite la imagen del abismo en Baudelaire?
- ¿Cómo explicaría usted los dos últimos versos del poema *El viaje*?
- ¿En qué aspectos las dos nociones de *spleen* y de ideal, que estructuran la recopilación, son complementarias y contradictorias al mismo tiempo?
- ¿Qué son las correspondencias para Baudelaire? Apoyándose en el poema epónimo y en otras obras de *Las flores del mal*, explique en qué revelan la modernidad de Baudelaire.
- Al leer los poemas dedicados a las tres mujeres que ins-piraron a Baudelaire (Jeanne Duval, Apollonie Sabatier y Marie Daubrun), ¿en qué podemos decir que la imagen de la mujer en *Las flores del mal* también transmite la tensión que existe entre *spleen* e ideal para Baudelaire?
- Baudelaire escribió en *El arte romántico*: «Todo hombre sano puede pasarse dos días sin comer, pero nunca sin poesía». ¿Qué visión de la poesía y de la condición del poeta nos ofrece aquí Baudelaire?

¡Su opinión nos interesa!
¡Deje un comentario en la página web de su librería en línea,
y comparta sus favoritos en las redes sociales!

PARA IR MÁS ALLÁ

EDICIÓN DE REFERENCIA

- Baudelaire, Charles. 1990. *Las flores del mal*. Traducido por Ángel Lázaro. Madrid: Edaf.

ESTUDIO DE REFERENCIA

- Launay, Claude. 2002. *Les Fleurs du mal de Charles Baudelaire*. París: Gallimard, colección *Foliothèque*.